我 要 挥 霍 青 春 的 岁 月

然 后 去 做 铁 石 心 肠 的 船 长

A TRIP
IN THE
WORLD

人间一趟

海子 ——

著

海子诗歌精选集

江苏凤凰文艺出版社

JIANGSU PHOENIX LITERATURE AND
ART PUBLISHING LTD

你来人间一趟
你要看看太阳

和你的心上人
一起走在街上

壹月
JANUARY

我们偶然相遇
没有留下痕迹

贰月

FEBRUARY

你在早上
碰落的第一滴露水
肯定和你的爱人有关

三月

MARCH

从明天起，做一个幸福的人
喂马，劈柴，周游世界
从明天起，关心粮食和蔬菜
我有一所房子，面朝大海，春暖花开

肆月

APRIL

你是在静静的情义中生长
没有一点声响
你一直走到我心上

伍月

MAY

像此刻的风，骤然吹起
我要抱着你，坐在酒杯中

陆月

JUNE

一夜之间
草贴着地长
你我都是草中的羊

柒月

JULY

中午是一丛美丽的树枝
中午是一丛眼睛画成的树枝
看着你

捌月

AUGUST

一个穿雨衣的陌生人
来到这座干旱已久的城

玖月

SEPTEMBER

空气中的一棵麦子
高举到我的头顶
我身在这荒芜的山冈
怀念我空空的房间，落满灰尘

拾月

OCTOBER

我把天空和大地打扫干干净净
归还给一个陌不相识的人

拾壹月

NOVEMBER

那秋风吹凉的地方
那片我曾经吻过的地方

拾贰月

DECEMBER

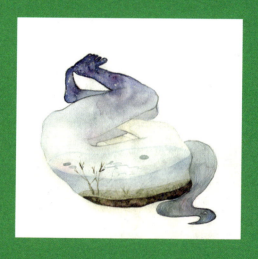

爱你的时刻
住在旧粮仓里
写诗在黄昏

目录

春

CONTENT

夏

秋

。

冬

。

CHAPTER

春

。

从明天起，做一个幸福的人
喂马，劈柴，周游世界
从明天起，关心粮食和蔬菜
我有一所房子，面朝大海，春暖花开

海上

所有的日子都是海上的日子

穷苦的渔夫

肉疙瘩像一卷笨拙的绳索

在波浪上展开

想抓住远方

闪闪发亮的东西

其实那只是太阳的假笑

他抓住的只是几块会腐烂的木板：

房屋、船和棺材

成群游来鱼的脊背

无始无终

只有关于青春的说法

1984.6　　一触即断

遥远的路程

雨水中出现了平原上的麦子

这些雨水中的景色有些陌生

天已黑了，下着雨

我坐在水上给你写信

1989.1.22

献诗
——给
S

谁在美丽的早晨
谁在这一首诗中

谁在美丽的火中　飞行
并对我有无限的赠予

谁在炊烟散尽的村庄
谁在晴朗的高空

天上的白云
是谁的伴侣

谁身体黑如夜晚　两翼雪白
在思念　在鸣叫

谁在美丽的早晨
1987.2.11　谁在这一首诗中

4

亚洲铜

亚洲铜，亚洲铜
祖父死在这里，父亲死在这里，我也将
　死在这里
你是唯一的一块埋人的地方

亚洲铜，亚洲铜
爱怀疑和爱飞翔的是鸟，淹没一切的是
　海水
你的主人却是青草，住在自己细小的腰
　上，守住野花的手掌和秘密

亚洲铜，亚洲铜
看见了吗？那两只白鸽子，它是屈原遗落
　在沙滩上的白鞋子
让我们——我们和河流一起，穿上它吧

亚洲铜，亚洲铜
击鼓之后，我们把在黑暗中跳舞的心脏
　叫作月亮
这月亮主要由你构成

1984.10

我，以及其他的证人

故乡的星和羊群
像一支支白色美丽的流水
跑过
小鹿跑过
夜晚的目光紧紧追着

在空旷的野地上，发现第一枝植物
脚插进土地
再也拔不出
那些寂寞的花朵
是春天遗失的嘴唇

为自己的日子
在自己的脸上留下伤口
因为没有别的一切为我们作证

我和过去
隔着黑色的土地
我和未来
隔着无声的空气

我打算卖掉一切

有人出价就行

除了火种、取火的工具

除了眼睛

被你们打得出血的眼睛

一只眼睛留给纷纷的花朵

一只眼睛永不走出铁铸的城门

1984.6　　　　　黑井

春天，十个海子

春天，十个海子全部复活
在光明的景色中
嘲笑这一个野蛮而悲伤的海子
你这么长久地沉睡究竟为了什么？

春天，十个海子低低地怒吼
围着你和我跳舞，唱歌
扯乱你的黑头发，骑上你飞奔而去，
　尘土飞扬
你被劈开的疼痛在大地弥漫

在春天，野蛮而悲伤的海子
就剩下这一个，最后一个
这是一个黑夜的孩子，沉浸于冬天，
　倾心死亡
不能自拔，热爱着空虚而寒冷的乡村

那里的谷物高高堆起，遮住了窗户
他们把一半用于一家六口人的嘴，吃
　和胃

一半用于农业，他们自己的繁殖

大风从东刮到西，从北刮到南，无视

黑夜和黎明

1989.3.14

凌晨 3 点—4 点　　你所说的曙光究竟是什么意思

灯
诗

灯，从门窗向外生活
灯啊是我内心的春天向外生活
黑暗的蜜之女王
向外生活，"有这样一只美丽的手向
　　外生活"

火种蔓延的灯啊
是我内心的春天一人放火
没有火光，没有火光烧坏家乡的门窗
春天也向外生长
度过炎炎大火的一颗火
却被秋天遍地丢弃
让白雪走在酒上享受生活

你是灯
是我胸脯上的黑夜之蜜
灯，怀抱着黑夜之心
烧坏我从前的生活和诗歌

灯，一手放火，一手享受生活

茫茫长夜从四方围拢

如一场黑色的大火

春天也向外生长

还给我自由，还给我黑暗的蜜、空虚
　的蜜

孤独一人的蜜

我宁愿在明媚的春光中默默死去

"有这样一只美丽的手在酒上生活"

1987（？）　要让白雪走在酒上享受生活

晨雨时光

小马在草坡上一跳一跳

这青色麦地晚风吹拂

在这个时刻　我没有想到

五盏灯竟会同时亮起

青麦地像马的仪态　随风吹拂

五盏灯竟会一盏一盏地熄灭

往后　雨会下到深夜　下到清晨

天色微明

山梁上定会空无一人

不能携上路程

当众人齐集河畔　高声歌唱生活

1987.5.24　我定会孤独返回空无一人的山峦

面朝大海，春暖花开

从明天起，做一个幸福的人

喂马，劈柴，周游世界

从明天起，关心粮食和蔬菜

我有一所房子，面朝大海，春暖花开

从明天起，和每一个亲人通信

告诉他们我的幸福

那幸福的闪电告诉我的

我将告诉每一个人

给每一条河每一座山取一个温暖的名字

陌生人，我也为你祝福

愿你有一个灿烂的前程

愿你有情人终成眷属

愿你在尘世获得幸福

1989.1.13　我只愿面朝大海，春暖花开

思念前生

庄子在水中洗手
洗完了手，手掌上一片寂静
庄子在水中洗身
身子是一匹布
那布上沾满了
水面上漂来漂去的声音

庄子想混入
凝望月亮的野兽
骨头一寸一寸
在肚脐上下
像树枝一样长着

也许庄子是我
摸一摸树皮
开始对自己的身子
亲切
亲切又苦恼
月亮触到我
仿佛我是光着身子

光着身子

进出

母亲如门，对我轻轻开着

村庄

村庄里住着
母亲和儿子
儿子静静地长大
母亲静静地注视

芦花丛中
村庄是一只白色的船
我妹妹叫芦花
我妹妹很美丽

1984

感动

早晨是一只花鹿
踩到我额上
世界多么好
山洞里的野花
顺着我的身子
一直烧到天亮
一直烧到洞外
世界多么好

而夜晚，那只花鹿
的主人，早已走入
土地深处，背靠树根
在转移一些
你根本无法看见的幸福
野花从地下
一直烧到地面

野花烧到你脸上
把你烧伤
世界多么好
早晨是山洞中
一只踩人的花鹿

1986

春天
（断片）

0.

一匹跛了多年的

红色小马

躺在我的小篮子里

故乡晴空万里

故乡白云片片

故乡水声汩汩

我的红色小马躺在小篮子里

就像我手心的红果实

听不见窗户下面

生锈的声音

就像一把温暖的果实

1.

我的头随草起伏

如同纸糊的歪灯

我的胳膊是

一条运猫的小船

停在河岸

一条草

看见走过来的

干净的身子

不多

2.

远方寂寞的母亲

也只有依靠我这

负伤的身体。母亲

望着猎户消匿的北方

刮断梅花

窗户长久地存满冰块

村子中间

淘井的门前

说话的依旧在轻声说话

树林中孤独的父亲

正对我的弟弟细细讲清:

你去学医

因为你哥哥

那位受伤的猎户

星星在他脸上

映出船样的伤疤

3.

两个温暖的水勺子中

住着一对旧情人

4.

突然想起旧砖头很暖和

想起河里的石子

磨过森林的古鹿之唇

想起青草上花朵如此美丽如此平庸

背对着短树枝

你只有泪水没有言语

而我

手缠树叶

春天的阳光晒到马尾

马的屁股温暖得像一块天上落下的石头

5.

春天是农具所有者的春天

长花短草
贴河而立

这些都是在诗人的葬礼上
隔水梦见一扇门

诗人家中的丑丫头
嫁在南山上

6.

最后的夜雪如孩
手指拨开水
我就在这片乌黑的屋顶上坐下
是不是这片村庄
是不是这个夜晚
有人在头顶扔下
一匹蓝色大马

就把我埋在

这匹蓝色大马里

7.

有伤的季节

拖着尾巴

来到

大家来到

1986   我肉体的外面

跳跃者

老鼻子橡树

夹住了我的蓝鞋子

我却是跳跃的

跳过榆钱儿

跳过鹅和麦子

一年跳过

十二间空屋子和一些花穗

从一口空气

跳进另一口空气

我是深刻的生命

我走过许多条路

我的袜子里装满了错误

日记本是红色的

是红色的流浪汉

脖子上写满了遗忘的姓名，跳吧

跳够了我就站住

站在山顶上沉默

沉默是山洞

沉默是山洞里一大桶黄金

1984.12　　沉默是因为爱情

春天的夜晚和早晨

夜里
我把古老的根
背到地里去
青蛙绿色的小腿月亮绿色的眼窝
还有一枚绿色的子弹壳，绿色的
在我脊背上
纷纷开花

早晨
我回到村里
轻轻敲门
一只饮水的蜜蜂
落在我的脖子上
她想
我可能是一口高出地面的水井
妈妈打开门
隔着水井
看见一排湿漉漉的树林
对着原野和她
整齐地跪下
妈妈——他们嚷着——
妈妈

1984.10

印度之夜

月亮神秘地西渡
恒河，佛洞里摆满了别人的牙齿

星星和菜豆
天地间一串紫色的连线，真正的连线

黑色疯长八丈
大风隐隐

城市，最近才出现的小东西
跟沙漠一样爱吃植物和小鱼

月光下一群群乌鸦
自己以为是黑衣新嫁娘

没有人向她们求婚
只好边叫边梳理头发

睡在仓库的老人
影子在手掌上漫游，影子是劳动

面壁，面壁，出现思想者自己
祈求小麦花永远美丽

1984.11

坛子

这就是我张开手指所要叙说的事
那洞窟不会在今夜关闭。明天夜晚也
　　不会关闭
额头披满钟声的
土地
一只坛子

我头一次也是最后一次进入这坛子
因为我知道只有一次
脖颈围着野兽的线条
水流拥抱的
坛子
长出朴实的肉体

这就是我所要叙说的事
我对你这黑色盛水的身体并非没有话说
敬意由此开始，接触由此开始
这一只坛子，我的土地之上
从野兽演变而出的
秘密的脚，在我自己尝试的锁链之中

正好我把嘴唇埋在坛子里，河流

糊住四壁，一棵又一棵

栗树像伤疤在周围隐隐出现

而女人似的故乡，双双从水底浮上，

　　询问生育之事

自画像

镜子是摆在桌上的

一只碗

我的脸

是碗中的土豆

嘿，从地里长出了

1984

这些温暖的骨头

房屋

你在早上
碰落的第一滴露水
肯定和你的爱人有关
你在中午饮马
在一枝青丫下稍立片刻
也和她有关
你在暮色中
坐在屋子里，不动
还是与她有关

你不要不承认

巨日消隐，泥沙相合，狂风奔起
那雨天雨地哭得有情有意
而爱情房屋温情地坐着
遮蔽母亲也遮蔽儿子

1985　　　　遮蔽你也遮蔽我

给母亲

（组诗）

1. 风

风很美　果实也美

小小的风很美

自然界的乳房也美

水很美　水啊

无人和你

说话的时刻很美

你家中破旧的门

遮住的贫穷很美

风　吹遍草原

马的骨头　绿了

2. 泉水

泉水　泉水

生物的嘴唇

蓝色的母亲

用肉体

用野花的琴

盖住岩石

盖住骨头和酒杯

3．云

母亲

老了，垂下白发

母亲你去休息吧

山坡上伏着安静的儿子

就像山腰安静的水

流着天空

我歌唱云朵

雨水的姐妹

美丽的求婚

我知道自己颂扬情侣的诗歌没有了用场

我歌唱云朵

我知道自己终究会幸福

和一切圣洁的人

相聚在天堂

4. 雪

妈妈又坐在家乡的矮凳子上想我

那一只凳子仿佛是我积雪的屋顶

妈妈的屋顶

明天早上

霞光万道

我要看到你

妈妈，妈妈

你面朝谷仓

脚踩黄昏

我知道你日见衰老

5. 语言和井

语言的本身

像母亲

总有话说，在河畔

在经验之河的两岸

在现象之河的两岸

花朵像柔美的妻子

倾听的耳朵和诗歌

长满一地

倾听受难的水

1984；

1985 改；

1986 再改　　水落在远方

我感到魅惑

天上的音乐不会是手指所动
手指本是四肢安排的花豆
我的身子是一份甜蜜的田亩

我感到魅惑
我就想在这条魅惑之河上渡过我自己
我的身子上还有拔不出的春天的钉子

我感到魅惑
美丽女儿，一流到底
水儿仍旧从高向低

坐在三条白蛇编成的篮子里
我有三次渡过这条河
我感到流水滑过我的四肢
一只美丽鱼婆做成我缄默的嘴唇

我看见，风中飘过的女人
在水中产下卵来
一片霞光中露出来的长长的卵

我感到魅惑

满脸草绿的牛儿

倒在我那牧场的门厅

我感到魅惑

有一种蜂箱正沿河送来

蜂箱在睡梦中张开许多鼻孔

有一只美丽的鸟面对树枝而坐

我感到魅惑

我感到魅惑

小人儿，既然我们相爱

1986.9　　我们为什么还在河畔拔柳哭泣

敦煌

敦煌石窟像马肚子下

挂着一只只木桶

乳汁的声音滴破耳朵——

像远方草原上撕破耳朵的人

来到这最后的山谷

他撕破的耳朵上

悬挂着花朵

敦煌是千年以前

起了大火的森林

在陌生的山谷

是最后的桑林——我交换

食盐和粮食的地方

我筑下岩洞，在死亡之前，画上你

最后一个美男子的形象

为了一只母松鼠

为了一只母蜜蜂

1986　为了让她们在春天再次怀孕

**给
安
庆**

五岁的黎明

五岁的马

你面朝江水

坐下

四处漂泊

向不谙世事的少女

向安庆城中心神不定的姨妹

打听你，谈论你

可能是妹妹

也可能是姐姐

可能是姻缘

1987　　　也可能是友情

两座村庄

和平与情欲的村庄

诗的村庄

村庄母亲昙花一现

村庄母亲美丽绝伦

五月的麦地上　天鹅的村庄

沉默孤独的村庄

一个在前一个在后

这就是普希金和我　诞生的地方

风吹在村庄

风吹在海子的村庄

风吹在村庄的风上

有一阵新鲜有一阵久远

北方星光照映南国星座

村庄母亲怀中的普希金和我

闺女和鱼群的诗人　安睡在雨滴中

是雨滴就会死亡！

夜里风大　听风吹在村庄

村庄静坐　像黑漆漆的财宝

两座村庄隔河而睡

1987.2 草稿
1987.5 改　海子的村庄睡得更沉

无名的野花

看不见你，十六岁的你
看不见无名的，芳香的
正在开花的你。

看不见提着鞋子　在雨中
走在大草原上的
恍惚的女神

看不见你，小小的年纪
一身红色地走在
空荡荡的风中

来到我身边，
你已经成熟，
你的头发垂下像黑夜。
我是黑夜中孤独的僧侣
埋下种籽在石窟中，
我将这九盏灯
嵌入我的肋骨。

无论是白色的还是绿色的

起自天堂或地府的

青海湖上的大风

吹开了紫色血液

开上我的头颅，

我何时成了这一朵

无名的野花？

1988.11.2

桃花开放

秋天的火把断了　是别的花在开放

冬天的火把是梅花

现在是春天的火把

被砍断

悬在空中

寂静的

抽搐四肢

罩住一棵树　树林根深叶茂　花朵悬在
　空中

零散的抒情小诗像桃树　散放在山丘上

桃花抽搐四肢倒在我身上

桃花开放

从月亮飞出来的马

钉在太阳那轰轰隆隆的春天的本上

1987 草稿
1989.3.14 改

九寨之星

很久很久的一盏灯

很久很久以前女神点亮的一盏灯

落满岁月尘土的一盏灯

当她面对湖水

女神的镜子中

变成了两盏

那就是你的一双眼睛

1987.10　　柔似湖水　亮如光明

长发飞舞的姑娘（五月之歌）

玫瑰谢了，玫瑰谢了

如早嫁的姐妹漂落，漂落四方

我红色的姐姐，我白色的妹妹

大地和水挽留了她们　熄灭了她们

她们黯然熄灭，永远沉默却是为何？

姐妹们，你们能否告诉我

你们永久的沉默是为了什么

长发飞舞的黑眼睛姑娘

不像我的姐姐　也不像妹妹

不似早嫁的姐妹迟迟不归

如今我坐在街镇的一角

1987.5　　　为你歌唱，远离了五谷丰盛的村庄

燕子和蛇

（组诗）

1. 离合

美丽在春天
疼成草叶

一种三节的草
爱你成病

美丽在天上
鸟是拖鞋

长草的拖鞋
嘴埋在水里

美丽在水里
鱼是草的棺材

一种草
一种心尖上的草

美丽在草原上

枕着鹿头

2. 三位姑娘
——写给莱托蒙夫不行的爱情

我看见

莱蒙托夫的旧报纸上

三只燕子

三只肉体的燕子

使我的灯光

受伤

用手指推推

不醒的

你自己

扶着自己

像扶着一匹笨马

用手指推推身边的燕子：我不是

灯，我是火灾

燕子交叉地

穿过

诗人的胳膊

落入家具的间间新房

只当诗人就是笨马

过早地死在□上 ^a

3. 包谷地

丑女人脊背上有条条花蛇

花蛇滑下，她就坐在那儿繁殖包谷

幸福又痛苦

我要说

没有男人能配得上她

丑女人脊背上有种种命运

命运降临，她只坐在那儿繁殖包谷

河水泛滥流过无数美丽的女人

我要说

———————————

a 原稿中有脱字。

没有女人能比得上她

4. 母亲的姻缘

一碗泥

一碗水

半截木梳插在地上

母亲的姻缘

真是好姻缘

村庄，村庄

木桶中女婴摇晃

村庄，村庄

母亲的姻缘

真是好姻缘

鱼尾之上

灯盏敲门

一团泥巴走进屋来

母亲的姻缘

真是好姻缘

白鱼流过

桃树树根

嘴唇碰破在桃花上

母亲的姻缘

真是好姻缘

秤杆上天空的星星压住

半两土

半两雪

母亲的姻缘

真是好姻缘

她沉在何方

谁也不清楚

村庄中一枚痛苦的小戒指

母亲的姻缘

真是好姻缘

5. 手

离开劳动

和爱情，我的手

变成自我安慰的狗

这两只狗

一样的

孤独

在我脸上摸索

擦掉泪水

这是不是我的狗

是不是我最后的家乡的狗？

6．鱼

村民像牛一样撞进屋子，亲他的妻子

又数着

十二粒麦种

内陆深处

我跪在一条鱼身上

整个村庄是我的儿子

再长的爱情也不算久

噢你刚好被我想起

我在鱼身上写下少女的名字

一边询问一边自己回答

女巫的嘴唇一开一合

真诚的爱情

真诚的爱情错误百出

整个村庄是你的儿子

河流噢河

再美的爱情也不像花朵

人类的泪水养家糊口

人类的泪水中

鱼群像草一样生长

泪水噢河

整个村庄是我们的儿子

村民像牛一样撞进屋子，亲他的妻子

夏

。

我爱着一个人，我爱着两只手
我爱着十只小鱼，跳进我的头发
我最爱煮熟的麦子
谁在这城里快活地走着
我就爱谁

海上婚礼

海湾
蓝色的手掌
睡满了沉船和岛屿
一对对桅杆
在风上相爱
或者分开

风吹起你的
头发
一张棕色的小网
撒满我的面颊
我一生也不想挣脱

或者如传说那样
我们就是最早的
两个人
住在遥远的阿拉伯山崖后面
苹果园里
蛇和阳光同时落入美丽的小河
你来了
一只绿色的月亮
掉进我年轻的船舱

活在珍贵的人间

活在这珍贵的人间

太阳强烈

水波温柔

一层层白云覆盖着

我

踩在青草上

感到自己是彻底干净的黑土块

活在这珍贵的人间

泥土高溅

扑打面颊

活在这珍贵的人间

人类和植物一样幸福

爱情和雨水一样幸福

1985.1.12

夏天的太阳

夏天
如果这条街没有鞋匠

我就打赤脚
站到太阳下看太阳

我想到在白天出生的孩子
一定是出于故意

你来人间一趟
你要看看太阳

和你的心上人
一起走在街上

了解她
也要了解太阳

（一组健康的工人
正午抽着纸烟）

夏天的太阳
太阳

当年基督入世
1985.1　　　也在这阳光下长大

城里

面对棵棵绿树

坐着

一动不动

汽车声音响起在

脊背上

我这就想把我这

盖满落叶的旧外套

寄给这城里

任何一个人

这城里

有我的一份工资

有我的一份水

这城里

我爱着一个人

我爱着两只手

我爱着十只小鱼

跳进我的头发

我最爱煮熟的麦子

谁在这城里快活地走着

1985

我就爱谁

半截的诗

你是我的

半截的诗

半截用心爱着

半截用肉体埋着

你是我的

半截的诗

不许别人更改一个字

坐在纸箱上想起疯了的朋友们

旧菊花安全

旧枣花安全

扪摸过的一切

都很安全

地震时天空很安全

伴侣很安全

喝醉酒时酒杯很安全

心很安全

1986.2

在大草原上预感到海的降临

我的双手触到草原，
黑色孤独的夜的女儿。

我为我自己铺下干草
夜的女儿，我也为你。

牧羊女打开自己——
一只黑色的羊
蹲伏在你的腹部。

多么温暖的火红的岩石
多么柔软地躺在马车上
月亮形的马，进入了海底。

一夜之间，草原是如此遥远，如此深
　　厚，如此神秘。
海也一样。
一夜之间，
草贴着地长，
你我都是草中的羊。

1988（？）.
11.20

夜色

在夜色中
我有三次受难：流浪、爱情、生存
我有三种幸福：诗歌、王位、太阳

1988.2.28 夜

为什么你不生活在沙漠上

为什么你不生活在沙漠上
英雄的可怜而可爱的伴侣
我那唯一的人在何方？
用酒调着火所能留下的灰　写下几首诗？

我的形象开始上升
主宰着你的心灵！
孤独守候着
一个健康的声音！

绝望之神　你在何方？
为什么你不生活在沙漠上！
我是谁手里磨刀的石块？
我为何要把赤子带进海洋

海子躺在地上
天空上
海子的两朵云

说：

你要把事业留给兄弟　留给战友

你要把爱情留给姐妹　留给爱人

1987.5.27
夜书

你要把孤独留给海子　留给自己

阿尔的太阳[a]
——给我的瘦哥哥

"一切我所向着自然创作的，是栗子，从火中取出来的。啊，[a]那些不信仰太阳的人是背弃了神的人。"[b]

到南方去
到南方去
你的血液里没有情人和春天
没有月亮
面包甚至都不够
朋友更少
只有一群苦痛的孩子，吞噬一切
瘦哥哥凡·高，凡·高啊
从地下强劲喷出的
火山一样不计后果的
是丝杉和麦田
还是你自己

---

a 阿尔系法国南部一小镇，凡·高在此创作了七八十幅画，这是他的黄金时期。——海子自注。

b 引文摘自凡·高致其弟泰奥书信。

喷出多余的活命的时间

其实，你的一只眼睛就可以照亮世界

但你还要使用第三只眼，阿尔的太阳

把星空烧成粗糙的河流

把土地烧得旋转

举起黄色的痉挛的手，向日葵

邀请一切火中取栗的人

不要再画基督的橄榄园

要画就画橄榄收获

画强暴的一团火

代替天上的老爷子

洗净生命

红头发的哥哥，喝完苦艾酒

1984.4　你就开始点这把火吧

烧吧

哑脊背

一个穿雨衣的陌生人
来到这座干旱已久的城

（阳光下
他水国的口音很重）

这里的日头直射
人们的脊背

只有夜晚
月亮吸住面孔

月亮也是古诗中
一座旧矿山

只有一个穿雨衣的陌生人
来到这座干旱已久的城

在众人的脊背上
看出了水涨潮，看到了黄河波浪

只有解缆者
又咸又腥

1985

为了美丽

为了美丽

我砸了一个坑

也是为了下雨

清亮的积水上

高一只

低一只

小雨儿如鸟

羽毛湿湿

掀动你的红头巾

都是为了美丽

提着裤带的小男孩

那时刻

1985.1　　戴一只黑帽子

打钟

打钟的声音里皇帝在恋爱

一枝火焰里

皇帝在恋爱

恋爱，印满了红铜兵器的

神秘山谷

又有大鸟扑钟

三丈三尺翅膀

三丈三尺火焰

打钟的声音里皇帝在恋爱

打钟的黄脸汉子

吐了一口鲜血

打钟，打钟

一只神秘生物

头举黄金王冠

走于大野中央

"我是你爱人

我是你敌人的女儿

我是义军的女首领

对着铜镜

反复梦见火焰"

钟声就是这枝火焰

在众人的包围中

1985.5　　　　苦心的皇帝在恋爱

门关户闭

门关户闭
诗歌的乞讨人
一只布口袋
装满女儿的三顿剩饭
坐在树底下
洗着几代人的脏袜子
我就是那女儿
农民的女儿
中国农民的女儿
波兰农民的女儿
洗着几代人的袜子
等着冰融雪化

在所有的人中
只有我粗笨
善良的只有我
熟悉这些身边的木头
瓦片和一代代
诚实的婚姻

1986

歌：阳光打在地上

阳光打在地上
并不见得
我的胸口在疼
疼又怎样
阳光打在地上

这地上
有人埋过羊骨
有人运过箱子、陶瓶和宝石
有人见过牧猪人，那是长久的漂流之后
阳光打在地上，阳光依然打在地上

这地上
少女们多得好像
我真有这么多女儿
真的曾经这样幸福
用一根水勺子
用小豆、菠菜、油菜
把她们养大
阳光打在地上

1986

幸福

（或我的女儿叫波兰 [a]）

当我俩同在草原晒黑

是否饮下这最初的幸福　最初的吻

当云朵清楚极了 [a]

听得见你我嘴唇

这两朵神秘火焰

这是我母亲给我的嘴唇

这是你母亲给你的嘴唇

我们合着眼睛共同啜饮

像万里洁白的羊群共同啜饮

当我睁开双眼

你头发散乱

乳房像黎明的两只月亮

在有太阳的弯曲的木头上

1986（？）　晾干你美如黑夜的头发

---

a　海子喜欢"波兰"一词，"女儿叫波兰"并无特别所指。

肉体

（之二）

肉体美丽
肉体是树林中
唯一活着的肉体
肉体美丽

肉体，远离其他的财宝
远离其他的神秘兄弟

肉体独自站立
看见了鸟和鱼

肉体睡在河水两岸
雨和森林的新娘
睡在河水两岸

垂着谷子的大地上
太阳和肉体
一升一落，照耀四方
像寂静的
节日的

财宝和村庄
照耀

只有肉体美丽

野花，太阳明亮的女儿
河川和忧愁的妻子
感激肉体来临
感激灵魂有所附丽
（肉体是野花的琴
盖住骨骼的酒杯）

感激我自己沉重的骨骼
也能做梦

肉体是河流的梦
肉体看见了采茴香的人迎着泉水

肉体美丽
肉体是树林中

唯一活着的肉体

死在树林里

迎着墓地

1986　　　　　　肉体美丽

七月的大海

老乡们，谁能在海上见到你们真是幸福！
我们全都背叛自己的故乡
我们会把幸福当成祖传的职业
放下手中痛苦的诗篇

今天的白浪真大！老乡们，它高过你们
　的粮仓
如果我中止诉说，如果我意外地忘却了你
把我自己的故乡抛在一边
我连自己都放弃　更不会回到秋收　农民
　的家中

在七月我总能突然回到荒凉
赶上最后一次
我戴上帽子　穿上泳装　安静地死亡
在七月我总能突然回到荒凉

海子小夜曲

以前的夜里我们静静地坐着

我们双膝如木

我们支起了耳朵

我们听得见平原上的水和诗歌

这是我们自己的平原，夜晚和诗歌

如今只剩下我一个

只有我一个双膝如木

只有我一个支起了耳朵

只有我一个听得见平原上的水

　　诗歌中的水

在这个下雨的夜晚

如今只剩下我一个

为你写着诗歌

这是我们共同的平原和水

这是我们共同的夜晚和诗歌

是谁这么说过　海水

要走了　要到处看看

我们曾在这儿坐过

1986.8

**雨
鞋**

我的双脚在你之中
就像火走在柴中

雨鞋和羊和书一起塞进我的柜子
我自己被塞进相框，挂在故乡
那黏土和石头的房子，房子里用木生火
潮湿的木条上冒着烟
我把撕碎的诗稿和被雨打湿
改变了字迹的潮湿的书信
卷起来，这些灰色的信
我没有再读一遍
普希金将她们和拖鞋一起投进壁炉
我则把这些温暖的灰烬
把这些信塞进一双小雨鞋
让她们沉睡千年
梦见洪水和大雨

1987.1.12
达县

尼采，你使我想起悲伤的热带

一只陶罐上

镌刻一尾鱼

我住在鱼头

你住在鱼尾

我在冰天雪地的酒馆忙于宗教

冻得全身发红

你头发松开，充满情欲和狂暴

悲伤的热带

南方的岛屿

我的梦之蛇

你踏上雇佣军向南进军的大道

走出战俘营代价昂贵

辉煌的十年疯狂之门

一眼望见天堂里诗人歌唱的梨花朵朵

像原始人交换新娘后

堆积在梦中岛屿上的盐

水滴中千万颗乳房

歌唱我的一生

热带是

我的心情

是　国王的女儿

蜥蜴和袋鼠跳跃峡谷的女儿

和我

另一位呢喃而疯狂的诗人

同住在一只壶里

我的心情逼迫群蛇起舞　拥抱死亡的鹰

热带的悲伤少女

季节和岁月的火焰

你们都在十五岁就一命归天

水滴中千万颗乳房

归于虚无的热带

古老猎手萌生困惑

1987.11.6夜　　　在山顶自缢

野鸽子

当我面朝火光
野鸽子　在我家门前的细树上
吐出黑色的阴影的火焰

野鸽子
——这黑色的诗歌标题　我的懊悔
和一位隐身女诗人的姓名

这究竟是山喜鹊之巢还是野鸽子之巢
在夜色和奥秘中
野鸽子　打开你的翅膀
飞往何方？　　在永久之中

你将飞往何方？！

野鸽子是我的姓名
黑夜颜色的奥秘之鸟
我们相逢于一场大火

1988.2

八月之杯

八月逝去　山峦清晰

河水平滑起伏

此刻才见天空

天空高过往日

有时我想过

八月之杯中安坐真正的诗人

仰视来去不定的云朵

也许我一辈子也不会将你看清

一只空杯子　装满了我撕碎的诗行

一只空杯子　——可曾听见我的喊叫？！

一只空杯子内的父亲啊

内心的鞭子将我们绑在一起抽打

1987

眺望北方

我在海边为什么却想到了你
不幸而美丽的人 我的命运
想起你 我在岩石上凿出窗户
眺望光明的七星
眺望北方和北方的七位女儿
在七月的大海上闪烁流火

为什么我用斧头饮水 饮血如水
却用火热的嘴唇来眺望
用头颅上鲜红的嘴唇眺望北方
也许是因为双目失明

那么我就是一个盲目的诗人
在七月的最早几天
想起你 我今夜跑尽这空无一人的街道
明天，明天起来后我要重新做人
我要成为宇宙的孩子 世纪的孩子
挥霍我自己的青春
然后放弃爱情的王位
　　去做铁石心肠的船长

走遍一座座喧闹的都市

　　我很难梦见什么

除了那第一个七月，永远的七月

七月是黄金的季节啊

当穷苦的人在渔港里领取工钱

我的七月萦绕着我，像那条爱我的孤单

　　的蛇

1987.7 草稿　　——她将在痛楚苦涩的海水里度过一生
1988.3 改

跳伞塔

我在一个北方的寂寞的上午
一个北方的上午
思念着一个人

我是一些诗歌草稿
你是一首诗

我想抱着满山火红的杜鹃花
走入静静的跳伞塔

我清楚地意识到
前面就是一条大河
和一个广大的北方草原

美丽总是使我沉醉

已经有人
开始照耀我
在那偏僻拥挤的小月台上
你像星星照耀我的路程

在这座山上

为什么我只看见这么一棵

美丽的杜鹃？

我只看见这么一棵

果然火红而美丽

我在这个夜晚

我住在山腰

房子里

我的前面充满了泉水

或溪涧之水的声音

静静的跳伞塔

心醉的屋子　你打开门

让我永远在这幸福的门中

北方　那片起伏的山峰

远远的

1988.4.23　　只有九棵树

太阳和野花——给AP

太阳是他自己的头
野花是她自己的诗

我对你说
你的母亲不像我的母亲

在月光照耀下
你的母亲是樱桃
我的母亲是血泪

我对天空说
月亮，她是你篮子里纯洁的露水
太阳，我是你场院上发疯的钢铁

太阳是他自己的头
野花是她自己的诗
在一株老榆树的底下
平原上
流过我的骨头

在猎人夫妻的眼中　在山地
那自由的尸首
淌向何方

两位母亲在不同的地方梦着我
两位女儿在不同的地方变成了母亲
当田野还有百合，天空还有鸟群
当你还有一张大弓、满袋好箭
该忘记的早就忘记
该留下的永远留下

太阳是他自己的头
野花是她自己的诗

总是有寂寞的日子
总是有痛苦的日子
总是有孤独的日子
总是有幸福的日子
然后再度孤独

是谁这么告诉过你：

答应我

忍住你的痛苦

不发一言

穿过这整座城市

远远地走来

去看看他 去看看海子

他可能更加痛苦

他在写一首孤独而绝望的诗歌

　　死亡的诗歌

他写道：

平原上

流过我的骨头

当高原的人 在榆树底下休息

当猎人和众神

或起或坐，时而相视，时而相忘

当牛羊和牛羊在草上

看见一座悬崖上

牧羊人堕下，额角流血

再也救不活他了——
他写道：
平原上
流过我的骨头

这时，你要
去看看他

答应我
忍住你的痛苦
不发一言
穿过这整座城市

那个牧羊人
也许会被你救活
你们还可以成亲
在一对大红蜡烛下
这时他就变成了我

我会在我自己的胸脯找到一切幸福

红色荷包、羊角、蜂巢、嘴唇
和一对白色羊儿般的乳房

我会给你念诗：
太阳是他自己的头
野花是她自己的诗

到那时　到那一夜
也可以换句话说：
太阳是野花的头
野花是太阳的诗
他们只有一颗心
他们只有一颗心

1988.5.16夜
删86年以来
许多旧诗稿而得

中
午

中午是一丛美丽的树枝
中午是一丛眼睛画成的树枝
看着你

看着你从门前走过
或是走进我的门

走进门
你在

你在一生的情义中
来到
落下布帆
仿佛水面上我握住你的手指

（手指
是船）
心上人
爱着，第一次
都很累，船

泊在整个清澈的中午

"你喝水吧

我给你倒了

一碗水"

写字间里

中午是一丛眼睛画成的

看着你

1985.1.26
半夜

从六月到十月

六月积水的妇人，囤积月光的妇人

七月的妇人，贩卖棉花的妇人

八月的树下

洗耳朵的妇人

我听见对面窗户里

九月订婚的妇人

订婚的戒指

像口袋里潮湿的小鸡

十月的妇人则在婚礼上

吹熄盘中的火光，一扇扇漆黑的木门

1986.6.19　　飘落在草原上

野花

野花

和平与情歌

的村庄

女儿的女儿

野花

中国丁香的少女！

在林中酣睡

长发似水

容貌美丽无比

你是囚禁在一颗褐色星球上孤独的情人！

野兽的琴

各色小鸟秘密的隐衷

大地彩色的屋顶

太小太美

如心

心啊

雨和幸福

的女儿

水滴爱你

伴侣爱你

我爱你

1987.10　野花自己也爱你

CHAPTER

秋。

我把这远方的远归还草原
一个叫马头 一个叫马尾
我的琴声呜咽 泪水全无

在昌平的孤独

孤独是一只鱼筐
是鱼筐中的泉水
放在泉水中

孤独是泉水中睡着的鹿王
梦见的猎鹿人
就是那用鱼筐提水的人

以及其他的孤独
是柏木之舟中的两个儿子
和所有的女儿，围着诗经桑麻沅湘木叶
在爱情中失败
他们是鱼筐中的火苗
沉到水底

拉到岸上还是一只鱼筐
孤独不可言说

1986

北方门前

北方门前
一个小女人
在摇铃

我愿意
愿意像一座宝塔
在夜里悄悄建成

晨光中她突然发现我
她眺起眼睛
1985.2 她看得我浑身美丽

日记

姐姐，今夜我在德令哈，夜色笼罩
姐姐，我今夜只有戈壁

草原尽头我两手空空
悲痛时握不住一颗泪滴
姐姐，今夜我在德令哈
这是雨水中一座荒凉的城

除了那些路过的和居住的
德令哈……今夜
这是唯一的，最后的，抒情。
这是唯一的，最后的，草原。

我把石头还给石头
让胜利的胜利
今夜青稞只属于她自己
一切都在生长
今夜我只有美丽的戈壁　空空
姐姐，今夜我不关心人类，我只想你

1988.7.25
火车经德令哈

历史

我们的嘴唇第一次拥有
蓝色的水
盛满陶罐
还有十几只南方的星辰
火种
最初忧伤的别离

岁月呵

你是穿黑色衣服的人
在野地里发现第一枝植物
脚插进土地
再也拔不出
那些寂寞的花朵
是春天遗失的嘴唇

岁月呵，岁月

公元前我们太小
公元后我们又太老

没有人见到那一次真正美丽的微笑

但我还是举手敲门

带来的象形文字

撒落一地

岁月呵

岁月

到家了

我缓缓摘下帽子

靠着爱我的人

合上眼睛

一座古老的铜像坐在墙壁中间

青铜浸透了泪水

1984　　　岁月呵

主人

你在渔市上
寻找下弦月
我在月光下
经过小河流

你在婚礼上
使用红筷子
我在向阳坡
栽下两行竹

你的夜晚
主人美丽
我的白天
客人笨拙

1985.1

**九
月**

目击众神死亡的草原上野花一片
远在远方的风比远方更远
我的琴声呜咽　泪水全无
我把这远方的远归还草原
一个叫马头　一个叫马尾
我的琴声呜咽　泪水全无

远方只有在死亡中凝聚野花一片
明月如镜高悬草原映照千年岁月
我的琴声呜咽　泪水全无

1986　　只身打马过草原

盲目

1987

手在果园里

就不再孤单

两只自己的手

在怀孕别人的手

单翅鸟

单翅鸟为什么要飞呢
为什么
头朝着天地
躺着许多束朴素的光线

菩提，菩提想起
石头
那么多被天空磨平的面孔
都很陌生
堆积着世界的一半
摸摸周围
你就会拣起一块
砸碎另一块

单翅鸟为什么要飞呢
我为什么
喝下自己的影子
揪着头发作为翅膀
离开

也不知天黑了没有
穿过自己的手掌比穿过别人的墙壁还难
单翅鸟
为什么要飞呢

肥胖的花朵
喷出水
我眯着眼睛离开
居住了很久的心和世界

你们都不醒来
我为什么
1984.9　　　为什么要飞呢

秋天

秋天红色的膝盖
跪在地上
小花死在回家的路上
泪水打湿
鸽子的后脑勺

一位少年去摘苹果树上的灯

植物没有眼睛
挂着冬天的身份牌
一条干涸的河
是动物的最后情感

一位少年人去摘苹果树上的灯

我的眼睛
黑玻璃，白玻璃
证明不了什么
秋天一定在努力地忘记着
嘴唇吹灭很少的云朵

1984.11

一位少年去摘苹果树上的灯

东方山脉

三角洲和碎花的笑
一起甩到脑后
一块大陆在愤怒地骚动
北方平原上红高粱
已酿成新生的青春期鲜血
养育火红的山冈成群
像浪
倾斜着地平线和远岸的大陆架
将东方螺的传说雕成圆锥形
这里，道道山梁架住了天空

让大川从胸中涌出
让头顶长满密林和喷火口
为了光明
我生出一对又一对
深黑的眼睛和穴居的人群
用雪水在石壁上画了许多匹野牛
他们赶着羊就出发了
手中的火种发芽
和麦粒一道支起窝棚

后来情歌在平坦的地方

绘出语法规则

绘成村落

敲击着旷野

即使脚下布满深谷

即使洪水淹没了我的兄弟

即使姐妹们的哭泣

升到天上结成一个又一个响雷

即使东方的部落群没有写进书本

因而只在孩子琥珀色眼球里丛生

根连着根

像野草一样布满荒原

即使旗帜迟迟没有

从那方草坪上升起

因而文字仿佛艰涩

历史仿佛漫长

我捞起岛屿

和星星般隐逸的情感

我亲吻着每一座坟头

让它们吐出桑叶

在所有的河岸上排成行

划分着大江流向

划分着领土

我把最东方留给一片高原

留给龙族人

让他们开始治水

让他们射下多余的太阳

让他们插上毛羽

就在那面东亚铜鼓上出发

会有的，会的

会有鹭鸶和青草鱼一样的龙舟

会有创造的季节

请放出鸥群

和关在沼地里的绿植被

把伏向小河的家乡丘陵拉直

列队，由北压向南

由西压向东

把我的岩石和汉子的三角肌

一同描在族徽上吧

把我的松涛连成火把吧

把我的诗篇

在哭泣后反抗的夜里

传往远方吧

让孩子们有一本自己的历史画

1983　　　　让我去拥抱世界

农耕民族

在发蓝的河水里
洗洗双手
洗洗参加过古代战争的双手
围猎已是很遥远的事
不再适合
我的血
把我的宝剑
盔甲
以至王冠
都埋进四周高高的山上
北方马车
在黄土的情意中住了下来

而以后世代相传的土地
正睡在种子袋里

1983

你的手

北方
拉着你的手
手
摘下手套
她们就是两盏小灯

我的肩膀
是两座旧房子
容纳了那么多
甚至容纳过夜晚
你的手
在他上面
把他们照亮

于是有了别后的早上
在晨光中
我端起一碗粥
想起隔山隔水的
北方
有两盏灯

1985.2

只能远远地抚摸

得不到你

得不到你
我用河水做成的妻子
得不到你
我的有弱点的妇女

得不到你
妻子滑动河水
情意泥沙俱下

其余的家庭成员俯伏在锅勺上
得不到你
有弱点的爱情

我们确实被太阳烤焦，秋天内外
我不能再保护自己
我不能再
让爱情随便受伤

得不到你
但我同时又在秋天成亲
歌声四起

1985.11.11

117

麦地

吃麦子长大的

在月亮下端着大碗

碗内的月亮

和麦子

一直没有声响

和你俩不一样

在歌颂麦地时

我要歌颂月亮

月亮下

连夜种麦的父亲

身上像流动金子

月亮下

有十二只鸟

飞过麦田

有的衔起一颗麦粒

有的则迎风起舞，矢口否认

看麦子时我睡在地里

月亮照我如照一口井
家乡的风
家乡的云
收聚翅膀
睡在我的双肩

麦浪——
天堂的桌子
摆在田野上
一块麦地

收割季节
麦浪和月光
洗着快镰刀

月亮知道我
有时比泥土还要累
而羞涩的情人
眼前晃动着
麦秸

我们是麦地的心上人
收麦这天我和仇人
握手言和
我们一起干完活
合上眼睛，命中注定的一切
此刻我们心满意足地接受

妻子们兴奋地
不停用白围裙
擦手

这时正当月光普照大地
我们各自领着
尼罗河、巴比伦或黄河
的孩子　在河流两岸
在群蜂飞舞的岛屿或平原
洗了手
准备吃饭

就让我这样把你们包括进来吧

让我这样说

月亮并不忧伤

月亮下

一共有两个人

穷人和富人

纽约和耶路撒冷

还有我

我们三个人

一同梦到了城市外面的麦地

白杨树围住的

健康的麦地

健康的麦子

1985.6　养我性命的麦子！

八月尾

即使我是一个粗枝大叶的人
我也看见了红豹子、绿豹子

当流水淙淙
八月的泉水
穿越了山冈
月亮是红豹子
树林是绿豹子
少女是你们俩
生下的花豹子
即使我是一个粗枝大叶的人
少女，树林中
你也藏不住了

八月尾，树林绿，月亮红
不久我将看到树叶落了
栗树底下
脊背上挂着鹌鹑的人
少女，无论如何
粗枝大叶的人

1986.8.20 夜　　看见你啦

葡萄园之西的话语

也好
我感到
我被抬向一面贫穷而圣洁的雪地
我被种下，被一双双劳动的大手
仔仔细细地种下

于是，我感到所罗门的帐幔被一阵
　南风掀开
所罗门的诗歌
一卷卷
滚下山腰
如同泉水
打在我脊背上

涧中黑而秀美的脸儿
在我的心中埋下。也好
我感到我被抬向一面贫穷而圣洁的雪地
你这女子中极美丽的，你是我的棺材，
　我是你的棺材

1986.8.25

果园

鹿的眼
两扇有婴儿啼哭
的窗户。沉积在
有河水的果园中
鹿的角
打下果实
打下果实中
劳动的妇人
体内美如白雪的婴儿
已被果园的火光
烧伤。妇人依然
低坐
比果树
比鹿
比夜晚
更低。更沉
比谷地更黑

不幸

四月的日子　最好的日子
和十月的日子　最好的日子
比四月更好的日子
像两匹马　拉着一辆车
把我拉向医院的病床
和不幸的病痛

有一座绿色悬崖倒在牧羊人怀中
两匹马
在山上飞

两匹马
白马和红马
积雪和枫叶
犹如姐妹
犹如两种病痛
的鲜花

给B的生日 [a]

天亮我梦见你的生日
好像羊羔滚向东方 [a]
——那太阳升起的地方

黄昏我梦见我的死亡
好像羊羔滚向西方
——那太阳落下的地方

秋天来到，一切难忘
好像两只羊羔在途中相遇
在运送太阳的途中相遇
碰碰鼻子和嘴唇
——那友爱的地方
那秋风吹凉的地方
那片我曾经吻过的地方

1986.9.10

---

a　B为海子初恋的女友，中国政法大学 1983
级学生。

黄金草原

草原上的羊群
在水泊上照亮了自己
像白色温柔的灯
睡在男人怀抱中

而牧羊人来自黄金草原
头颅像一颗树根
把羊抱进谷仓里
然后面对黄金和酒杯
称呼你为女人

女人，我知心的朋友
风吹来风吹去
你如星的名字
或者羊肉的腥

你在山崖下睡眠
七只绵羊七颗星辰
你含在我口中似雪未化
你是天空上的羊群

病少女

白蛾子像美丽

黄昏的伤口

在诗人的眼里想起黄昏

听见村庄在外被风吹拂

当你一家三口走下月台

我端坐车中

如月球居民

病少女　　无遮拦的盐碱地上的风

吹在你脸上

病少女　　清澈如草

眉目清朗，使人一见难忘

听见了美丽村庄被风吹拂

1987.2　　我爱你的生病的女儿，陌生的父亲

月光

今夜美丽的月光　你看多好！
照着月光
饮水和盐的马
和声音

今夜美丽的月光　你看多美丽
羊群中　生命和死亡宁静的声音
我在倾听！

这是一只大地和水的歌谣，月光！

不要说　你是灯中之灯　月光！

不要说心中有一个地方
那是我一直不敢梦见的地方
不要问　桃子对桃花的珍藏
不要问　打麦大地　处女　桂花和村镇
今夜美丽的月光　你看多好！

不要说死亡的烛光何须倾倒
生命依然生长在忧愁的河水上
月光照着月光　月光普照

1986.7 初稿
1987.5 改

今夜美丽的月光合在一起流淌

幸福的一日——致秋天的花楸树

我无限地热爱着新的一日
今天的太阳　今天的马　今天的花楸树
使我健康　富足　拥有一生

从黎明到黄昏
阳光充足
胜过一切过去的诗
幸福找到我
幸福说："瞧　这个诗人
他比我本人还要幸福"

在劈开了我的秋天
在劈开了我的骨头的秋天
我爱你，花楸树

1987

十四行：王冠

我所热爱的少女
河流的少女
头发变成了树叶
两臂变成了树干

你既然不能做我的妻子
你一定要成为我的王冠
我将和人间的伟大诗人一同佩戴
用你美丽叶子缠绕我的竖琴和箭袋

秋天的屋顶　时间的重量
秋天又苦又香
使石头开花　像一顶王冠

秋天的屋顶又苦又香
空中弥漫着一顶王冠
被劈开的月桂和扁桃的苦香

1987.8.19夜

星

我死于语言和诉说的旷野

是的，这些我全都听见了。虽然

草原神秘异常

秋天，美丽处女是竖起风暴的花纹

虽说一个断臂的人

不能用手

却可以用牙齿

和嘴唇　打开我的诗集——

那是在大火中

那就是星

是——他是你们的哥哥。

诗人高喊

带火者，上山来！

牵着骆驼

的鬼魂

出现在黄昏

星

我是多么爱你

1988.5 不爱那些鬼魂

四行诗

1. 思念

像此刻的风

骤然吹起

我要抱着你

坐在酒杯中

2. 星

草原上的一滴泪

汇集了所有的愤怒和屈辱

泪水，走遍一切泪水

仍旧只是一滴

3. 哭泣

天鹅像我黑色的头发在湖水中燃烧

我要把你接进我的家乡

有两位天使放声悲歌

痛苦地拥抱在家乡屋顶上

4. 大雁

绿蒙蒙的草原上

一个美好少女

在月光照耀的地方

说　好好活吧，亲爱的人

5.^a

当强盗留下遗言后

夜深独坐，把地牢当作果园

月亮吹着一匹强盗的马

流淌着泪水

6. 海伦

盲诗人荷马

梦着　得到女儿

看得见她　捧着杯子

用我们的双眼站在他面前

———————————

a　海子未列小标题。

不要问我那绿色是什么

头发

灌满阳光和大沙

我是荒野上第一根被晒坏的石柱

耕种黑麦

不要问我那绿色是什么

小鸟像几管颜料

粘住我的面颊

树下有一些穿着服装的陌生人

那时我已走过青海湖，影子滑过钢蓝

　　的冰大坂

不要问我那绿色是什么

木筐挑着土

一步迈上秦岭

秦岭，最初的山

仍然在回忆我们，一窝黄黑的小脑袋

　　——孩子啊

不要问我那绿色是什么

我避开所有的道路

最后长成

站在风熏寓言的石墓上

长成

1984.12　　不要问我那绿色是什么

谣	之一
曲	你是我的哥哥你招一招手
	你不是我的哥哥你走你的路

小灯，小灯，抬起他埋下的眼睛

你的树<u>丛</u>大而黑
你的辕马不安宁
你的嘴唇有野蜜
你是丈夫——还是兄弟

小灯，小灯，抬起他埋下的眼睛

你是我的哥你招一招手
你不是我的哥哥你走你的路

之二
白鸽，白鸽
扎好我的头巾
风吹着你们的身子

像吹我白色头巾

白鸽白鸽你别说
美丽的脑袋小太阳
到了黑夜变月亮
白鸽白鸽你别说

之三
南风吹木
吹出花果
我要亲你
花果咬破

之四
月亮月亮慢慢亮
照着一只木头床
河流河流快快流
渡过我的心头肉

白马过河一片白

黑马过河一片黑
这一条河流
总是心头的河流

白马过河是月圆
黑马过河是月残
这一只月亮
1986.8　　总是床头的月亮

北方的树林

槐树在山脚开花

我们一路走来

躺在山坡上　感受茫茫黄昏

远山像幻觉　默默停留一会

摘下槐花

槐花在手中放出香味

香味　来自大地无尽的忧伤

大地孑然一身　至今孑然一身

这是一个北方暮春的黄昏

白杨萧萧　草木葱茏

淡红色云朵在最后静止不动

看见了饱含香脂的松树

是啊，山上只有槐树　杨树和松树

我们坐下　感受茫茫黄昏

莫非这就是你我的黄昏

1987.5　麦田吹来微风　倾刻沉入黑暗

大风

起风的黄昏好像去年秋天
树木损伤的香味弥漫四周

想她头发飘飘
面颊微微发凉
守着她的母亲
抱着她的女儿
坐在盆地中央
坐在她的家中

黄昏幽暗降临
大风刮过天空
万风之王起舞
化为树木受伤

1988.2.4

CHAPTER

4

冬
。

你从远方来，我到远方去
遥远的路程经过这里
天空一无所有
为何给我安慰

最后一夜和第一日的献诗

今夜你的黑头发

是岩石上寂寞的黑夜

牧羊人用雪白的羊群

填满飞机场周围的黑暗

黑夜比我更早睡去

黑夜是神的伤口

你是我的伤口

羊群和花朵也是岩石的伤口

雪山　用大雪填满飞机场周围的黑暗

雪山女神吃的是野兽穿的是鲜花

今夜　九十九座雪山高出天堂

使我彻夜难眠

1989.1.16 草稿
1989.1.24 改

黎明 （之二）

（二月的雪，二月的雨）

我把天空和大地打扫干干净净
归还给一个陌不相识的人
我寂寞地等，我阴沉地等
二月的雪，二月的雨

泉水白白流淌
花朵为谁开放
永远是这样美丽负伤的麦子
吐着芳香，站在山冈上

荒凉大地承受着荒凉天空的雷霆
圣书上卷是我的翅膀，无比明亮
有时像一个阴沉沉的今天
圣书下卷肮脏而欢乐
当然也是我受伤的翅膀
荒凉大地承受着更加荒凉的天空

我空荡荡的大地和天空
是上卷和下卷合成一本
的圣书，是我重又劈开的肢体
流着雨雪、泪水在二月

1989.2.22

147

石头的病（或八七年）

石头的病　疯狂的病

不可治疗的病

不会被理会的病

被大理石同伙

视为疾病的石头

可制造石斧

以及贫穷诗人的屋顶

让他不再漂泊　四海为家

让他在此处安家落户

此处我就是那颗生病的石头的心

让他住在你的屋顶下

听见生病的石头屋顶上

鸟鸣清晨如幸福一生

石头的病　疯狂的病

石头打开自己的门户　长出房子和诗人

看见美丽的你

石头竞相生病

我身上一块又一块

全部生病——全变成了柔弱的心

不堪一击

从遍是石头的荒野中长出一位美丽女人
那是石头的疾病——万物的疾病
石头怎么会在荒野的黑暗中胀开
石头也会生病　长出鲜花和酒杯

如果石头健康
如果石头不再生病
他哪会开花
如果我也健康
如果我也不再生病
1987.10　也就没有命运

四姐妹

荒凉的山冈上站着四姐妹
所有的风只向她们吹
所有的日子都为她们破碎

空气中的一棵麦子
高举到我的头顶
我身在这荒芜的山冈
怀念我空空的房间，落满灰尘

我爱过的这糊涂的四姐妹啊
光芒四射的四姐妹
夜里我头枕卷册和神州
想起蓝色远方的四姐妹
我爱过的这糊涂的四姐妹啊
像爱着我亲手写下的四首诗
我的美丽的结伴而行的四姐妹
比命运女神还要多出一个
赶着美丽苍白的奶牛　走向月亮形的
　　山峰

到了二月，你是从哪里来的
天上滚过春天的雷，你是从哪里来的
不和陌生人一起来
不和运货马车一起来
不和鸟群一起来

四姐妹抱着这一棵
一棵空气中的麦子
抱着昨天的大雪，今天的雨水
明日的粮食与灰烬
这是绝望的麦子
请告诉四姐妹：这是绝望的麦子
永远是这样
风后面是风
天空上面是天空
1989.2.23　　道路前面还是道路

黑夜的献诗

献给黑夜的女儿

黑夜从大地上升起
遮住了光明的天空
丰收后荒凉的大地
黑夜从你内部上升

你从远方来，我到远方去
遥远的路程经过这里
天空一无所有
为何给我安慰

丰收之后荒凉的大地
人们取走了一年的收成
取走了粮食骑走了马
留在地里的人，埋得很深

草杈闪闪发亮，稻草堆在火上
稻谷堆在黑暗的谷仓
谷仓中太黑暗，太寂静，太丰收
也太荒凉，我在丰收中看到了阎王的
眼睛

黑雨滴一样的鸟群

从黄昏飞入黑夜

黑夜一无所有

为何给我安慰

走在路上

放声歌唱

大风刮过山冈

1989.2.2　上面是无边的天空

夜月

一扇又一扇门
推开树林
太阳把血
放入灯盏

河静静卧在
人的村庄
人居住的地方
人的门环上

鸟巢挂在
离人间八尺
的树上
我仿佛离人间二丈

一切都原模原样
一切都存入
人的
世世代代的脸，一切不幸
我仿佛

一口祖先们

向后代挖掘的井

1985.6.19　　　一切不幸都源于，我幽深的水

海滩上为女士算命

你不用算命

命早就在算你

你举着筷子

你坐在碗沿上

你脱下黑色女靴

就盖住城市的尸体

你裹着布匹

仍然是吃米的老鼠

半截泡在沙滩上

太阳或者钞票上彩色的狗

啃你的脚背

你不用算命

命早就在算你

1986

大草原 大雪封山

公社里

有一个人

歌唱雨雪

和倾斜的山坡

秋天　一闪而过

多少丰收的村庄不见踪影

昨天的闪电

劈碎了车马

大雪封山

1988.
11.11—20　从今后日子艰难

黑风

掠过田野的那黑风
那第四次的
口粮和旗帜
就要来了！

聚拢的马群将被劫走
星星将被吹散
他在所有的脚印上覆盖
一种新的草药
遗忘的就要永远被遗忘了
窗子忧伤地关上了
有一两盏橘黄朴素的灯也要熄灭
他们来了
他们是黑色的风

后来他们表达了一种失败的东西
他们留下苦苦创生的胚芽
他们哭了
把所有的人哭醒之后
又走了

走得奇怪

以后所有的早晨都非常奇怪

马儿长久地奔跑，太阳不灭，物质不灭

　　苹果突然熟了

还有一些我们熟悉的将要死去

我们不熟悉的慢慢生根

人们啊，所有交给你的

都异常沉重

你要把泥沙握得紧紧

在收获时应该微笑

没必要痛苦地提起他们

1984.12　　没必要忧伤地记住他们

梭罗这人有脑子

（组诗）

1.

梭罗这人有脑子
像鱼有水、鸟有翅
云彩有天空

2.

好在这人不是女性
否则会有一对
洁白的冬熊
摇摇晃晃上路
靠近他乳房
凑上嘴唇

3.

梭罗这人有脑子
梭罗手头没有别的
抓住了一根棒木
那木棍揍了我
狠狠揍了我
像春天揍了我

4.

梭罗这人有脑子

看见湖泊就高兴

5.

梭罗这人有脑子

用鸟巢做邮筒

两封信同时飞到

还生下许多小信

羽毛翩跹

6.

梭罗这人有脑子

不言不语让东窗天亮西窗天黑

其实他哪有窗子

梭罗这人有脑子

不言不语又做男人又做女人

其实生下的儿子还是他自己

7.

灯火的屋中

梭罗的盔

——一卷荷马

这人有脑子

以雪代马

渡我过水

8.

梭罗这人有脑子

月亮照着他的鼻子

9.

那个抒情的鼻子

靠近他的脑子

靠近他深如树林的眼睛

靠近他饮水的唇

（愿饮得更深）

构成脑袋

或者叫头

10.

白天和黑夜

像一白一黑

两只寂静的猫

睡在你肩头

你倒在林间路途上

让床在木屋中生病

梭罗这人有脑子

让野花结成果子

11.

梭罗这人有脑子

像鱼有水、鸟有翅

云彩有天空

梭罗这人就是

我的云彩，四方邻国

的云彩，安静

在豆田之西

我的草帽上

12.

太阳，我种的

豆子，凑上嘴唇

我放水过河

梭罗这人有脑子

梭罗的盔

1986.8.15　　——一卷荷马

诗人叶赛宁（组诗）

1. 诞生

星日朗朗

野花的村庄

湖水荡漾

野花！

生下诗人

湖水在怀孕

在怀孕

一对蓓蕾

野花的小手在怀孕

生下诗人叶赛宁

野花的村庄漆黑

如同无人居住

野花，我的村庄公主

安坐痛苦的北方

生下诗人

谁家的窗户

灯火明亮
是野花，一只安详燃烧的灯
坐在泥土的灯台上
生下诗人叶赛宁

2．乡村的云

乡村的云
故乡
你们俩是
水上的一对孩子

云朵的门啊，请为幸福的人们打开
请为幸福
和山坡上无处躲藏的忧伤的眼睛
打开！

3．少女

少女
头枕斧头和水
安然睡去

一个春天

一朵花

一片海滩　一片田园

少女

一根伐自上帝

美丽的枝条

少女

月亮的马

两颗水滴

对称的乳房

4.诗人叶赛宁

我是中国诗人

稻谷的儿子

茶花的女儿

也是欧罗巴诗人

儿子叫意大利

女儿叫波兰

我饱经忧患

一贫如洗

昨日行走流浪

来到波斯酒馆

别人叫我

诗人叶赛宁

浪子叶赛宁

叶赛宁

俄罗斯的嘴唇

梁赞的屋顶

黄昏的面容

农民的心

一颗农民的心

坐在酒馆

像坐在一滴酒中

坐在一滴水中

坐在一滴血中

仙鹤飞走了

桌子抬走了

尸体抬走了

屋里安坐忧郁的诗人

仍然安坐诗人叶赛宁

叶赛宁

不曾料到又一次

春回大地

大地是我死后爱上的女人

大地啊

美丽的是你

丑陋的是我

诗人叶赛宁

在大地中

死而复生

5. 玉米地

微风吹过这座小小的山冈

玉米地里棵棵玉米又瘦又小

我浇水　看着这些小小的可爱又瘦小
　　的叶子

青青杨树叶子喧响在那一头

太阳远远地燃烧

落入一座空空的山谷

树叶是采自诸神的枪枝和婚床

圆形盾牌镌刻着无知的文字

6. 醉卧故乡

故乡的夜晚醉倒在地

在蓝色的月光下

飞翔的是我

感觉到心脏，一颗光芒四射的星辰

醉倒在地，头举着王冠

头举着五月的麦地

举着故乡晕眩的屋顶

或者星空，醉倒在大地上！

大地，你先我而醉

你阴郁的面容先我而醉

我要扶住你

大地！

我醉了

我是醉了

我称山为兄弟、水为姐妹、树林是情人

我有夜难眠，有花难戴

满腹话儿无处诉说

只有碰破头颅

霞光落在四邻屋顶

我的双脚踏在故乡的路上变成亲人的

　　双脚

一路蹒跚在黄昏　升上南国星座

双手飞舞，口中喃喃不绝

我在飞翔

急促而深情

飞翔的是我的心脏

我感觉要坐稳在自己身上

故乡，一个姓名

一句

美丽的诗行

故乡的夜晚醉倒在地

7. 浪子旅程

我是浪子

我戴着水浪的帽子
我戴着漂泊的屋顶
灯火吹灭我
家乡赶走我
来到酒馆和城市

我本是农家子弟
我本应该成为
迷雾退去的河岸上
年轻的乡村教师
从都会师院毕业后
在一个黎明
和一位纯朴的农家少女
一起陷入情网
但为什么
我来到了酒馆
和城市

虽然我曾与母牛狗仔同歇在
露西亚天国

虽然我在故乡山冈

曾与一个哑巴

互换歌唱

虽然我二十年不吱一声

爱着你，母亲和外祖父

我仍下到酒馆——俄罗斯船舱底层

啜饮酒杯的边缘

为不幸而凶狠的人们

朗诵放荡疯狂的诗

我要还家

我要转回故乡，头上插满鲜花

我要在故乡的天空下

沉默寡言或大声谈吐

我要头上插满故乡的鲜花

8. 绝命

此刻在美丽的小镇上

苦荞麦儿香

说声分手吧

和另一位叶赛宁　　双手紧紧握住

点着烛火，烧掉旧诗
说声分手吧
分开编过少女秀发的十指
秀发像五月的麦苗　　曾轻轻含在嘴里

和另一位叶赛宁分手
用剥过蛇皮蒙上鼓面的人类之手
自杀身亡，为了美丽歌谣的神奇鼓面
蛇皮鼓啊如今你在村中已是泪水灯笼

说声分手吧　　松开埋葬自己的十指
把自己在诗篇中埋葬
此刻在美丽的小镇上
不会有苦荞麦儿香

9. 天才
轻雷滚过的风中
白杨树梢摇动

在这个黄昏
我想到天才的命运

在此刻我想起你凡·高和韩波
那些命中注定的天才
一言不发
心情宁静

那些人
站在月亮中把头颅轻轻摇晃
手持火把，腰围面粉袋
心情宁静

暮色茫茫
永不复返的人哪
在孤寂的空无一人的打谷场上
被三位姐妹苦苦留下。

痛苦的天才们
饥渴难挨
可是河中滴水全无

面粉袋中没有一点面粉

轻雷滚过的风中

死者的鞋子，仍在行走

如车轮，如命运

1986.2—1987.5　　沾满谷物与盲目的泥土

给安徒生（组诗）

1.

让我们砍下树枝做好木床

一对天鹅的眼睛照亮
一块可供下蛋的岩石

让我们砍下树枝做好木床
我的木床上有一对幸福天鹅
一只匆匆下蛋，一只匆匆死亡

2.

天鹅的眼睛落在杯子里
就像日月落在大地上

1986

给托尔斯泰

我想起你如一位俄国农妇暴跳如雷
补一只旧鞋的
手
时时停顿
这手掌混同于
兵士的臭脚、马肉和盐
你的灰色头颅一闪而过
教堂的裸麦中央
北方流注的河流马的脾气暴跳如雷
胸膛上面排排旧俄的栅栏暴跳如雷
低矮的天空、灯火和农妇暴跳如雷

吹灭云朵
吹灭火焰
吹灭灯盏
吹灭一切妓女
和善良女人的
嘴唇

你可以耕地，补补旧鞋

你可以爱他人，读读福音书

我记得陈旧的河谷端坐老人

端坐暴跳如雷的老人

1985.12草稿
1986.12修改

给卡夫卡

囚徒核桃的双脚

在冬天放火的囚徒

无疑非常需要温暖

这是亲如母亲的火光

当他被身后的几十根玉米砸倒

在地，这无疑又是

富农的田地

当他想到天空

无疑还是被太阳烧得一干二净

这太阳低下头来，这脚镣明亮

无疑还是自己的双脚，如同核桃

埋在故乡的钢铁里

1986.6.16　工程师的钢铁里

给你

（组诗）

1.

在赤裸的高高的草原上

我相信这一切：

我的脚，一颗牝马的心

两道犁沟，大麦和露水

在那高高的草原上，白云浮动

我相信天才，耐心和长寿

我相信有人正慢慢地艰难地爱上我

别的人不会，除非是你

我俩一见钟情

在那高高的草原上

赤裸的草原上

我相信这一切

我相信我俩一见钟情

2.

我爱你

跑了很远的路

马睡在草上

月亮照着他的鼻子

3.

爱你的时刻

住在旧粮仓里

写诗在黄昏

我曾和你在一起

在黄昏中坐过

在黄色麦田的黄昏

在春天的黄昏

我该对你说些什么

黄昏是我的家乡

你是家乡静静生长的姑娘

你是在静静的情义中生长

没有一点声响

你一直走到我心上

4.

当她在北方草原摘花的时候

我的双手驶过南方水草

用十指拨开

寂寞的家门

她家木门下几个姐妹的脸

亲人的脸

像南方的雨

真正的雨水

落在我头上

5.

冬天的人

像神　一样走来

1986.8　　因为我在冬天爱上了你

喜马拉雅

高原悬在天空

天空向我滚来

我丢失了一切

面前只有大海

我是在我自己的远方

我在故乡的海底——

走过世界最高的地方

喜马拉雅　喜马拉雅

你是谁

饥饿

怀孕

把无尽的

滚过天空的头颅

放回天空

我从大海来到落日的中央

飞遍了天空找不到一块落脚之地

今日有粮食却没有饥饿

今天的粮食飞遍了天空

找不到一只饥饿的腹部
饥饿用粮食喂养
更加饥饿，奄奄一息
草原上的天空不可阻挡

嘴唇和我抱住河水
头颅和他的姐妹
在大河底部通向海洋
割下头颅的身子仍在世上
最高的一座山
仍在向上生长

公爵的私生女——给波德莱尔

我们偶然相遇
没有留下痕迹

那个庸俗的故事
使用货币或麦子
卖鱼的卖鱼
抓药的抓药
在天堂的黄昏
躲也躲不开
我们的生存
唯一的遭遇是一首诗
一首诗是一个被谋杀的生日
月光下　诗篇犹如
每一个死婴背着包袱
在自由地行进
路途遥远却独来独往

死婴
我的朋友
我的亲人

来路已逝去路已断

为谁而死为谁醉卧草原

我们偶然相遇

没有留下痕迹

石头门外，守夜人

抱着三枝火焰

埋下双眼，一夜长眠

1986.8 初稿
1987.10.31 改

盲目

——给维特根施坦

那个人躲在山谷里研究刑法

那个人打扰了语言本身

打扰了那个俘虏和园丁

扰乱了谷草的图案

那个人躲在山谷里

研究犯罪与刑法

那个人在寒冷草原搬动木桶

那个人牵着骆驼，模仿沉默的园丁

那个人咀嚼谷草犹如牲畜

那个人仿佛就是语言自身的饥饿

多欲的父亲

娶下饱满的母亲

在部落里怀孕

在酒馆里怀孕

在渔船上怀孕

船舱内消瘦的哲学家思索多欲的父亲

是多么懊恼

多欲的父亲　央求家宅存在　门窗齐全

多欲的父亲　在我们身上　如此使我

　们恼火

（挺矛而上的哲学家

是一个赤裸裸的人）

是我的裸体

骑上时间绿色的群马

冲向语言在时间中的饥饿和犯罪

1987.7.16　那个人躲在山谷里研究刑法

夜晚　亲爱的朋友

在什么树林，你酒瓶倒倾
你和泪饮酒，在什么树林，把亲人埋葬

在什么河岸，你最寂寞
搬进了空荡的房屋，你最寂寞，点亮
　灯火

什么季节，你最惆怅
放下了忙乱的箩筐
大地茫茫，河水流淌
是什么人掌灯，把你照亮

1987.5.20
黄昏

哪辆马车，载你而去，奔向远方
奔向远方，你去而不返，是哪辆马车

麦地与诗人

询问

在青麦地上跑着
雪和太阳的光芒

诗人，你无力偿还
麦地和光芒的情义

一种愿望
一种善良
你无力偿还

你无力偿还
一颗放射光芒的星辰
在你头顶寂寞燃烧

答复

麦地
别人看见你
觉得你温暖，美丽
我则站在你痛苦质问的中心

被你灼伤

我站在太阳　痛苦的芒上

麦地
神秘的质问者啊

当我痛苦地站在你的面前
你不能说我一无所有
你不能说我两手空空

麦地啊，人类的痛苦
是他放射的诗歌和光芒！

1987

一滴水中的黑夜

一滴水中的黑夜
一滴泪水中的全部黑夜

一滴无名的泪水
在乡村长大的泪水
飞在乡村的黑夜
山坡上，几棵冬天的草

看见四海龙王　在黄昏之后
举起一片淹没了野鸽子的
漆黑的像黑夜的海水
一样的天空

海水把你推上岸来
一滴水中的黑夜
推到我的怀抱
朝夕相伴，如痴如醉

一滴泪水有她自己的笑容
就像黑夜中闪闪的星星
这些陌生人系好了自己的马
在女王广大的田野和树林

1988.2.11

在一个阿拉伯沙漠的村镇上

镇子

而今我一无是处
坐在镇子的一头
这是一个不守诺言的时刻
头巾上星光璀璨
阿拉伯沙漠的村镇已是茫茫黄昏
东面一万里是大海
西边一万里是雪山

镇子

三月过去了
四月过去了
上一个秋天的谈话过去了
请在这个日子光临做我的客人

镇子上——天刚蒙蒙亮
草原上——夜的马很大
少言寡语，见一面，短一日

镇子

你坐在

小山坡上

你坐在小山坡上

一个人住在旧粮仓里写诗

又是生日。一匹

多年的

马

飞来了

一匹多年的

旧布包不好伤口

镇子

点亮一根蜡烛

我们死后相聚在湖上

宛如生前。"俄狄普斯——烛光也曾

　　照你杀父娶母。"

烛火静静叫喊

绿汪汪的水静静叫喊
看见草原和女人的一位盲人
——在烛火静静叫喊

镇子

生日中
你像一位美丽的
女俘虏
坐在故乡的
打麦场上

夜深在村庄摸门
我的什么
遗忘在山上

浪子　你怎么了　你打算用什么办法
将那水中明月
戴在头上

暮色中的马头

斜靠在小镇上

姐妹们早已睡下

打谷场上　空无一人

空无一人

天亮

守夜人

1988.5 删　走到神秘的村子

冬天

火的叫声传来

火的叫声微弱

山坡上牛羊拥挤

想起你使我眩晕

*

英雄的猎人

拥着一家酒店

坐在白雪中

心中的黑夜寒冷

1988.2.10 故乡

*

在黑夜里为火写诗

在草原上为羊写诗

在北风中为南风写诗

在思念中为你写诗

1988.8.15 喀则

*

夜的中心幽暗

边缘发亮　　寒冷

这是　　火儿

照亮雪山和马

*

大地薄弱

两端锋利

使中心幽暗

难以分辨

雪

千辛万苦回到故乡
我的骨骼雪白　也长不出青稞

雪山，我的草原因你的乳房而明亮
冰冷而灿烂

我的病已好
雪的日子　我只想到雪中去死
我的头顶放出光芒！

有时我背靠草原
马头作琴　马尾为弦
戴上喜马拉雅　这烈火的王冠

有时我退回盆地，背靠成都
人们无所事事，我也无所事事，
只有爱情　剑　马的四蹄

割下嘴唇放在火上
大雪飘飘

不见昔日肮脏的山头

都被雪白的乳房拥抱

深夜中　火王子　独自吃着石头　独

1988.8　　　　自饮酒

**青
海
湖**

这骄傲的酒杯
为谁举起
荒凉的高原

天空上的鸟和盐　为谁举起

波涛从孤独的十指退去
白鸟的岛屿，儿子们围住
在相距遥远的肮脏镇上。

一只骄傲的酒杯
青海的公主　请把我抱在怀中
我多么贫穷，多么荒芜，我多么肮脏
一双雪白的翅膀也只能给我片刻的幸福

我看见你从太阳中飞来
蓝色的公主　青海湖

1988.7.25　　我孤独的十指化为天空上雪白的鸟

折梅

站在那里折梅花

山坡上的梅花

寂静的太平洋上一封信

寂静的太平洋上一人站在那里折梅花

折梅人在天上

天堂大雪纷纷　　一人踏雪无痕

天堂和寂静的天山一样

大雪纷纷

站在那里折梅

亚洲，上帝的伞

上帝的斗篷，太平洋

太平洋上海水茫茫

上帝带给我一封信

是她写给我的信

1989.2.3　我坐在茫茫太平洋上折梅，写信

天鹅

夜里，我听见远处天鹅飞越桥梁的声音
我身体里的河水
呼应着她们

当她们飞越生日的泥土、黄昏的泥土
有一只天鹅受伤
其实只有美丽吹动的风才知道
她已受伤。她仍在飞行

而我身体里的河水却很沉重
就像房屋上挂着的门扇一样沉重
当她们飞过一座远方的桥梁
我不能用优美的飞行来呼应她们

当她们像大雪飞过墓地
大雪中却没有路通向我的房门
——身体没有门——只有手指
竖在墓地，如同十根冻伤的蜡烛

在我的泥土上
在生日的泥土上
有一只天鹅受伤
正如民歌手所唱

哭泣

哭泣——一朵乌黑的火焰

我要把你接进我的屋子

屋顶上有两位天使拥抱在一起

哭泣——我是湖面上最后一只天鹅

黑色的天鹅像我黑色的头发在湖水中

　　燃烧

用你这黑色肉体的谷仓带走我

哭泣——一朵乌黑的新娘

我要把你放在我的床上

1986.12　我的泪水中有对自己的哀伤

老人们

白日落西海
　　　——李白

黄昏，盆地漏出的箫声
在老人的衣袂上
寻找一块岸

向你告别

我们是残剩下的
是从白天挑选出的
为了证明夜晚确实存在
而聚集着
白花和松叶纷纷搭在胳膊上
再喝一口水
脚下紫色的野草就要长起
在我们的脖子间温驯地长起
群山滑过我们的额头
一条陈旧的山冈
深不可测

传说有一次传说我们很快就会回来

脚趾死死抠住红泥

头抵着树林

为了在秋天和冬天让人回忆

为了女儿的暗喜

为了黎明寂寞而痛楚

那么多夜晚被纳入我们的心

我不需要暗绿的牙齿

我不是月亮

我不在草原上独吞狼群

老人的叫声

弥漫原野

活着的时候

我长着一头含蓄的头发

烟叶是干旱

月光是水

轮流度过漫漫长夜

村庄啊，我悲欢离合的小河

现在我要睡了，睡了
把你们的墓地和膝盖给我
那些喂养我的粘土
在我的脸上开满了花朵

再一次向你告别
发现那么多布满原野的小斑
秦岭上的大风和茅草
趴在老人的脊背上
我终于没能弄清
肉体是一个谜

向你告别
没有一只鸟划破坟村的波浪
没有一场舞蹈能完成顿悟
太阳总不肯原谅我们
日子总不肯原谅我们
墙壁赶在复活之前解释一切
中国的负重的牛
就这样留下记忆

向你告别

到一个背风的地方

去和沉默者交谈

请你把手伸进我的眼睛里

摸出青铜和小麦

兵马俑说出很久以前的密语

悔恨的手指将逐渐停留

在老人们死去之后

在孩子们幸福之前

仅仅剩下我一只头颅，劳动和流泪

支撑着

而阳光和雨水在西斜中像许多晾在田

　　野上的衣裳

被无数人穿过

只有我依旧

向你告别

我在沙里

为自己和未来的昆虫寻找文字

寻找另一种可以飞翔的食物

而黄土，黄土奋力埋尽了你们，长河
　　落日

把你们的手伸给我

后来张开的嘴

用你们乌黑的种子填入

谷仓立在田野上

不需要抬头

手伸出就结了叶子

甚至不需要告别

不需要埋葬

老人啊，你们依然活着

要继续活下去

一枝总要落下的花

向下扎

两枝就会延伸为根

民间歌谣

行到水穷处
坐看云起时
　　　　——王维

平原上的植物是三尺长的传说
果实滚到
大喜大悲
那秦腔，那唢呐
像谷地里乍起的风
想起了从前……
　　　　人间的道理
　　　　　父母的道理
使我们无端地想哭
月亮与我们空洞地神交
太阳长久地熏黑额壁
女人和孩子伸出的手
都是歌谣，民间歌谣啊
十支难忍的神箭
在袖口下
平静地长成

没有一位牧人不在夜晚瘦成孤单的树

没有一支解脱的歌

聚集在木头上的人们

突然撒向大平原

像谷地里　　乍起的风

茑和女萝

平静地中断情爱

马兰花没有在婚礼上实现

歌手再次离开我们

孤独的成为

人间最深处

秘密的饮者，幸福的饮者

穷尽了一切

聚集在笛孔上的人群

突然撒向大平原

稻米之炊

忍住我的泪水

秦腔啊，你是唯一一只哺育我的乳头

秦腔啊是我的血缘　　哭
哭从来都是直接的
只只唢呐
在雪地上久别未归
被当成紫红的果实
在牛车与亲人中
悄悄传进城里

我是千根火脉
我是一堆陶工
梦见黑杯、牧草、庙宇
梦见红酋和精角的公牛
　　千年万年
是我为你们无休止地梦见
　　黄水
破门而入

编钟，闪过密林的船桅
又一次
我把众人撞沉在永恒之河中

我们倒向炕头

老奶奶那支悠长的歌谣

扯起来了

昊天啊、黄鸟啊、谷乔啊

扯起来了

泡在古老的油里

根是一盏最黑最亮的灯

我坐着

坐在自己简朴的愿望里

喝水的动作

唱歌的动作

在移动和传播中逐渐神圣

成为永不叙说的业绩

穷人轮流替我抚养儿女

石匠们沿着河岸

立起洞窟

一尊尊幸福的真身哪

我们同住在民间的天空下

歌谣在天空下

图书在版编目（CIP）数据

人间一趟 / 海子著. —— 南京：江苏凤凰文艺出版
社, 2019.7
ISBN 978-7-5594-3299-5

Ⅰ.①人… Ⅱ.①海… Ⅲ.①诗集 – 中国 – 当代
Ⅳ.①I227

中国版本图书馆CIP数据核字（2019）第022541号

人间一趟

海子 著

责任编辑	唐　婧　黄孝阳
装帧设计	lemon
责任印制	郝　旺
出版发行	江苏凤凰文艺出版社
	南京市中央路 165 号，邮编：210009
网　　址	http://www.jswenyi.com
印　　刷	北京中科印刷有限公司
开　　本	787×1092 毫米　1/32
印　　张	7.5
字　　数	90 千字
版　　次	2019 年 7 月第 1 版　2019 年 7 月第 1 次印刷
书　　号	ISBN 978-7-5594-3299--5
定　　价	48.00 元

江苏凤凰文艺版图书凡印刷、装订错误可随时向承印厂调换
电话：（010）83670070

蟬想
cicada
一切都是詩的